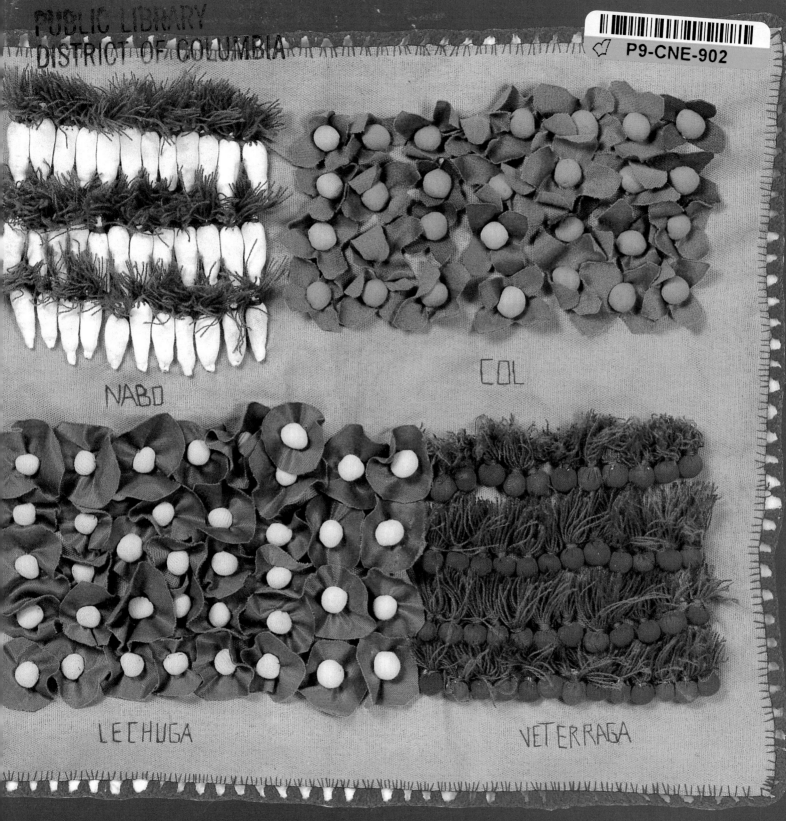

NABO

COL

LECHUGA

VETERRAGA

Las ilustraciones de este libro son fotografías de arpilleras hechas
por los miembros del Club de Madres Virgen del Carmen,
de Lima, Perú.

Las arpilleras se empezaron a hacer en Chile, Suramérica, para
contar historias importantes de la vida diaria. Son tapices hechos
de diferentes retazos de tela cortados que van cosidos en una tela
de fondo. Algunas arpilleras tienen bolsillos en la parte posterior,
los cuales contienen partes escritas de las historias. Actualmente se
hacen arpilleras en Perú, Colombia, y Chile.

Aunque no todos los suramericanos viven como la gente de este
cuento, *Por fin es Carnaval* relata un poco la vida de la gente en
las altas montañas de los Andes.

POR FIN ES CARNAVAL

ARTHUR DORROS

Traducido por Sandra Marulanda Dorros
Ilustrado con arpilleras hechas por el Club de Madres Virgen del Carmen, de Lima, Perú

DUTTON CHILDREN'S BOOKS   NEW YORK

Despiértate, dormiloncito —exclama mi mamá. Pero ya estoy despierto. Estoy pensando en el Carnaval. Este año tocaré la quena, que es una flauta, con mi padre en la banda.
—La quena es la voz de la banda, el cantante de la banda —dice Papá. El toca en la banda cada año en Carnaval. La gente disfrazada desfilará y bailará al ritmo de la música por tres días y noches enteros.

El Carnaval es en el pueblo grande que está abajo en el valle, y ¡sólo faltan tres días!

—Pero antes tenemos mucho trabajo que hacer —dice Papá. Trabajamos todo el año, casi todos los días, ¡pero no durante el Carnaval!

Cada día nos levantamos antes del amanecer, pues hay mucho que hacer. Mamá lleva a mi hermanita, Teresa, al río para traer agua. Hoy Mamá lava la ropa también. Papá y yo buscamos leña para usar en la cocina. A veces caminamos mucho para encontrar la leña; hay pocos árboles en las altas montañas de los Andes en donde vivimos.

Hoy traigo mi quena conmigo para poder practicar las canciones especiales del Carnaval. Muchas de las canciones tienen un buen ritmo que nos invita a bailar. *Tunc tunc, tunc tunc.* El hacha de Papá cuando corta un tronco suena como el bombo, el tambor que él tocará en la banda.

En casa, Teresa echa los granos de maíz en una olla vacía. Mamá cocinará el maíz para nuestra comida. *Ping ping, ping ping ping.* Los granos suenan como las cuerdas del charango del tío Pablo. El tocará también en la banda con nosotros en el Carnaval.

Después de nuestra comida, preparamos el terreno para la siembra. Yo guío los bueyes para que el surco quede recto. Mamá nos sigue y recoge piedras de la tierra arada. Después del Carnaval, mi amigo Paco y su familia nos ayudarán a sembrar papas. A veces la familia de Paco nos ayuda en nuestro terreno, y otras veces nosotros les ayudamos a ellos en el suyo. Una de las canciones que estoy practicando para el Carnaval es sobre el trabajo en los campos con los amigos.

Después de arar, llevo las llamas hambrientas a las altas montañas para encontrar pasto. El mejor lugar está junto a los muros que quedan de construcciones hechas hace cientos de años, cuando los Incas gobernaban estas montañas. Nadie sabe cómo cortaron esas gigantescas piedras para que encajaran tan bien. A veces usamos las piedras para construir paredes, casas, y hasta terrazas para los sembrados.

Me siento en un muro y toco la quena. Toco una canción llamada "Mis llamitas," y las llamas brincan y bailan alrededor. Parece que estuvieran danzando al son de mi música.

El viento que silba a través de las piedras suena como las notas de una zampoña, un instrumento de viento. Tocaré la quena y Paco tocará la zampoña cuando nos encontremos en el Carnaval. Esa es una de las cosas que me gusta del Carnaval, que nos encontramos con amigos de nuestra montaña y de todo el valle.

Ya ha pasado un día. Ahora sólo nos quedan hoy y mañana; después vendrá la noche y empezará el Carnaval. No aguanto las ganas. Esta mañana Papá corta lana de una alpaca. Una alpaca es como una llama, pero tiene lana más suave. Yo llevo la lana a Mamá para que la hile. —No tienes que correr —sonríe Mamá. —El Carnaval llegará tan pronto como pueda.

Los dedos de Mamá no paran de torcer la lana. Ella puede hilar mientras camina, vende verduras, o hace cualquier cosa. Cuando ella tenga suficiente lana, la teñirá de diferentes colores. Abuela la tejerá en una tela de muchos colores. Después Mamá cortará y coserá la tela para hacernos ropa. Tal vez me haga una nueva chaqueta.

Por la tarde, sacamos las papas de la tierra húmeda en el terreno que hemos sembrado hace meses. Este trabajo me cansa por lo general, pero hoy sigo trabajando tan rápido como puedo para recoger todas las papas. Mañana las llevaremos al valle para venderlas en el mercado. Y una vez que se termine el mercado, ¡empieza el Carnaval!

Recogemos papas rojas, amarillas, negras, marrones, incluso moradas. Tenemos cientos de diferentes clases de papas en los Andes.

Recogemos nuestras papas en sacos de arpillera, *plonc, plonc, plonc*. Las llamas nos ayudan a llevar los sacos pesados al camión de Antonio. El llegó del pueblo hoy, y dormirá en su camión esta noche.

¡Por fin! Hoy llevamos las papas al mercado y entonces...
¡esta noche es Carnaval!

Espero y espero hasta oír que el camión arranque. El motor
suena muy ronco, *err, err*. Pero al fin Antonio logra arrancar.
Mamá, Papá, Teresa, y yo—y las papas también—vamos dando
saltos atrás en el viejo camión que traquetea y se sacude al
bajar la montaña. Se detiene como un bus para recoger a la
gente que lleva cebollas, habas, zanahorias, nabos, guisantes y
pimientos, lana de llama, ropa, y comida que han preparado
para el Carnaval.

—¡Mira! —oigo a alguien decir. —No dejes que esa gallina se
coma nuestro maíz. Lo llevamos para el mercado.

El camión salta al pasar por un enorme hueco. Yo me agacho
buscando la quena para asegurarme que no se vaya a romper.
Quiero que la gente escuche el canto de mi quena en el Carnaval.

—Oye, Antonio, nos vas a botar manejando así, —grita
alguien. —¿Quieres que este viejo camión nos lleve volando al
pueblo?

—No te preocupes —responde Antonio. —Este viejo camión y
yo conocemos muy bien el camino.

La gente se abraza cuando se sube al camión. No vemos a
estos amigos muy a menudo. Todos nos ponemos de pie para
mirar a lo largo del camino. La gente nos tira globos de agua
y baldes con agua fría para tratar de mojarnos. Están muy
entusiasmados por el Carnaval.

En el mercado, ayudo a descargar las pesadas bolsas de papas, y despúes doy un paseo. Me encanta ver los montones de verduras multicolores. La gente vende lana que todavía huele a llamas o a ovejas. Y se me hace la boca agua con el olor de las habas y el maíz tostado.

Estoy muy ansioso de que Mamá venda todas nuestras papas y que se acabe el mercado. Después la gente saldrá con sus disfraces. Al principio será difícil distinguir quién es quién porque muchas personas llevarán máscaras. Yo encontraré la banda. El bombo de Papá llamará a la gente, la zampoña de Paco silbará, y sonarán las cuerdas del charango de tío Pablo. La gente empezará a gritar —Toquen nuestras canciones, —y zapateará haciendo remolinos y dando vueltas, bailando al ritmo de la música más y más rápido porque...

POR FIN ES CARNAVAL.

Cuando toco la quena con la banda, la gente empieza a cantar. Mi quena canta y la gente canta. Toco las canciones especiales de las llamas, las montañas, y los amigos que he aprendido para el Carnaval. Tocamos canciones con un buen compás para bailar. Paco y yo miramos a la gente unos detrás de otros como una enorme culebra que va riendo y danzando por todo el pueblo.

Nuestra banda toca bajo la luna y las estrellas titilantes, y estaremos aquí hasta que amanezca. Tocamos canciones de nuestros días y noches en las montañas porque… ¡esta noche es Carnaval!

ASI SE HACEN LAS ARPILLERAS

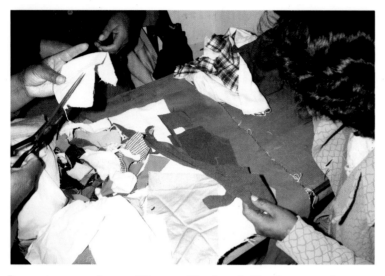

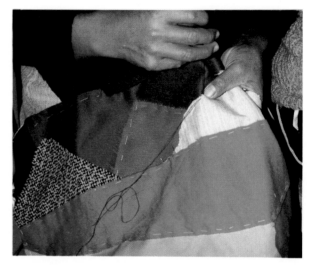

La artesana de arpilleras dibuja el diseño en tela
blanca. Selecciona y corta piezas de tela para
el diseño.

Cose piezas grandes de tela para formar
el fondo.

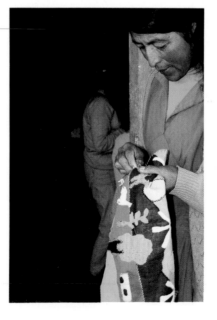

Da puntadas a cada
pieza y añade detalles
bordando y cosiendo
más piezas cortadas.

Hace muñecas y otros objetos de
tres dimensiones...

...y los cose en la arpillera.

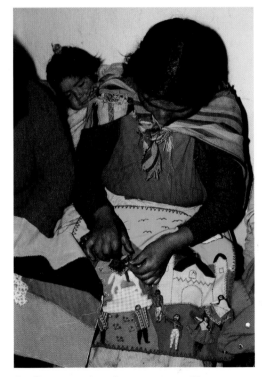

Se ha terminado otra arpillera.

Las artesanas de arpilleras a menudo trabajan en grupos. Con el dinero de la venta de arpilleras, estas miembras del Club de Madres Virgen del Carmen tienen un comedor popular que ayuda a alimentar cerca de trescientas personas diarias.

GLOSARIO

Quena Flauta de caña que se sostiene en posición vertical y se toca soplando en la parte superior. El músico toca diferentes notas al cubrir y descubrir los orificios de la flauta.

Bombo Tambor bajo y grande que se toca generalmente con un mazo.

Charango Instrumento pequeño de cinco cuerdas, similar a la guitarra y que produce notas altas cuando se puntean sus cuerdas.

Zampoña Instrumento de viento compuesto de cañas de diferentes longitudes atadas lateralmente. Cada caña está abierta en la parte superior y cerrada en la posterior y se toca soplando en la parte superior. Al soplarse, cada caña produce una nota diferente.

Andes Cordillera suramericana que se extiende desde Venezuela y Colombia hasta el sur de Argentina y Chile. Los Andes son la segunda cordillera más alta del mundo.

Carnaval Celebración que tiene lugar antes de la Cuaresma, los cuarenta días anteriores a la Pascua. En los Andes se celebra con tres días y noches de música (a cargo de la banda del pueblo), baile, y fiesta. Es uno de los pocos ratos de festividad en las arduas vidas de la gente de los Andes.

Agradecimientos a los miembros del Comité de Amas de Casa Micaela Bastidas, Cusco, Perú; Gloria Velorio y Proceso Social Cusco; Rosa Malca y Oxfam America; y Christopher Franceschelli, Dutton Children's Books.
Agradecimientos muy especiales a María del Carmen de la Fuente y Allpa, y a los miembros del Club de Madres Virgen del Carmen, de Lima, Perú, sin los cuales este proyecto no hubiera sido posible.

Los derechos de autor procedentes de la venta de este libro beneficiarán el trabajo vital de Oxfam America. Además, las arpilleras hechas para este libro serán vendidas por Oxfam America, y todas las ganancias irán directamente al Club de Madres Virgen del Carmen en Lima, Perú, para apoyar su trabajo en la comunidad local.
Oxfam America es una agencia internacional sin fines de lucro que provee fondos para programas de beneficencia en apoyo del desarrollo y en casos de catástrofe en Africa, Asia, América Latina, y el Caribe. Para obtener más información sobre los programas de Oxfam, o para contribuir a sus programas, por favor póngase en contacto con: Oxfam America, 115 Broadway, Boston, Massachusetts 02116, U.S.A.; (617) 482-1211.

Library of Congress Cataloging-in-Publication Data
Dorros, Arthur.
  [Tonight is Carnaval. Spanish]
  Por fin es Carnaval/Arthur Dorros; traducido por Sandra Marulanda Dorros;
ilustrado con arpilleras hechas por el Club de Madres Virgen del Carmen, de Lima, Perú.
—1. ed.
    p. cm.
  Translation of: Tonight is Carnaval.
  Summary: A family in South America eagerly prepares for the excitement of Carnaval.
  ISBN 0-525-44690-7
  [1. Carnival—South America—Fiction. 2. South America—Fiction. 3. Spanish language
materials.] I. Title.
[PZ73.D66 1991]
[E]—dc20   90-36222 CIP AC

Publicado en los Estados Unidos por Dutton Children's Books, una división de Penguin Books USA Inc.
Diseñadora: Susan Phillips
Impreso en Hong Kong por South China Printing Company
Primera Edición   10 9 8 7 6 5 4 3 2 1
Edición en inglés disponible

Published in the United States by
Dutton Children's Books
a division of Penguin Books USA Inc.
English edition available

ZANAHORIA

TOMATE

COLIFLOR